젊은 날의 언어를 담은
시 필 사 집

시인의 청춘
청춘의 詩

시인의 청춘
청춘의 詩

일러두기

· 시의 원문을 존중하였습니다. 원문 고유의 어투와 리듬을 살렸으므로, 일부 표현은 오늘날 표준어와 다를 수 있습니다.
· 표기는 가급적 원문을 따르되, 뜻을 해치지 않는 범위에서 한자, 맞춤법·띄어쓰기, 외래어 등을 현대 표기에 맞게 정리하였습니다.
· 독자의 이해를 돕기 위해 최소한의 주석을 덧붙였습니다.
· 이 책에 실린 시 전문은 한국문화예술저작권협회 또는 원작자의 동의를 얻어 수록하였습니다.

젊은 날의 언어를 담은
시 필사집

시인의 청춘
청춘의 詩

33

김남조
김소월
김수영
김영랑
나혜석

서정주
신동엽
심 훈

박두진
박성룡
박용철
박인환

기형도
윤동주
허수경
백 석
Bertolt Brecht
이 상
이성복

오상순
오장환
이용악
이육사
임학수
임 화

한용운
한하운
함형수

정지용
정희성
조지훈
주요한
최승자

지식
여행

청춘이 마침내 詩가 되다

시는 두 번 태어납니다. 한 번은 시인의 젊은 날에, 한 번은 지금 이 시를 읽는 우리의 시간 속에.

시인들의 청춘 시절도 지금의 우리처럼 불안하고 미숙했습니다. 그들은 어떤 확신도 없이 사랑했고, 세상과는 자주 어긋났으며, 자기 자신에게조차 괴로워했습니다. 그래서 그들이 쓴 시에는 완성된 답보다 흔들리는 질문이, 만남보다 안타까운 이별이 먼저 남아 있습니다.

윤동주는 부끄러움과 다짐 사이에서 별을 세었고, 김소월은 차마 놓지 못한 마음을 노래로 남겼습니다. 서정주는 바람이 키운 스물세 해를 고백했고, 기형도는 사랑을 잃고서야 비로소 쓰기 시작했습니다. 허수경은 울 수 있었던 날들의 따뜻함을 노래했고, 백석은 좁다란 방의 흰 바람벽 앞에서 외로움과 사랑을 함께 떠올렸습니다. 브레히트는 꽃피는 사과나무 앞에서도 시를 쓸 수밖에 없는 시대를 말했고, 오장환은 청춘에게 지라고, 가라고 말하면서도 끝내 노래를 놓지 않았습니다. 이 시인들의 떨림은 오래 머물다 시가 되어, 긴 시간을 건너 지금 우리 곁에 닿았습니다.

이 시들을 필사하는 것은 아름다운 문장을 따라 적는 일에 그치지 않습니다. 젊은 시인의 가장 불안정했던 순간에 붙들었던 생각을 천천히 몸으로 옮겨 오는 일이며, 시인의 질문을 빌려 자신의 마음에 같은 질문을 남겨 두는 시간입니다. 한 행을 따라 쓰는 동안, 시인의 젊은 날과 우리의 젊은 날이 겹쳐집니다.

어떻게 살아야 하는지 알지 못한 채 쓰인 시가 있고, 사랑 앞에서 흔들리며 태어난 시도 있습니다. 세상과 부딪히며 끝내 포기하지 않으려 했던 시들, 그럼에도 자신의 길을 걸어간 시들 또한 그렇습니다.

『시인의 청춘, 청춘의 시』는 늘 청춘이었던 시인들을 기념하기 위한 책입니다. 시인의 청춘이 남긴 시와 질문은 지금 우리에게도 남아 있습니다. 이 시들이 우리의 손을 거쳐 다시 현재형의 청춘이 되기를 바랍니다.

차례

3부 • 세상과 부딪히며 _ 무엇을 소망할 것인가

1부

나를 찾아서
어떻게 살아야 하는가

청춘 앞에 놓인 첫 번째 질문, 어떻게 살아야 하는가.

이 물음은 쉽게 답하기 힘들다.

청춘의 시에는 망설임과 고뇌, 부끄러움과 침묵,

비어 있는 마음과 떠나고 싶은 충동이 고스란히 담겨 있다.

별을 세듯 자신을 돌아보고, 길 앞에서 한 번쯤 멈춰 서기도 한다.

완성된 삶의 모범도, 단정한 해답도 여기에는 없다.

다만 끝까지 자신을 속이지 않으려는 마음,

쉽게 질문을 놓지 않으려는 태도가 있을 뿐이다.

이 조용한 시간 속에서

'어떻게 살아야 하는가'는

어느새 '나는 누구인가'라는 물음으로 바뀐다.

서시

_윤동주

죽는 날까지 하늘을 우러러

한 점 부끄럼이 없기를,

잎새에 이는 바람에도

나는 괴로워했다.

별을 노래하는 마음으로

모든 죽어가는 것을 사랑해야지

그리고 나에게 주어진 길을

걸어가야겠다.

오늘 밤에도 별이 바람에 스치운다.

자화상

_ 서정주

애비는 종이었다. 밤이 깊어도 오지 않았다.

파뿌리같이 늙은 할머니와 대추꽃이 한 주° 서 있을 뿐이었다.

어매는 달을 두고°° 풋살구가 꼭 하나만 먹고 싶다 하였으나……

흙으로 바람벽 한 호롱불 밑에

손톱이 까만 에미의 아들

갑오년甲午年°°° 이라든가 바다에 나가서는 돌아오지 않는다 하는

외할아버지의 숱 많은 머리털과

그 커다란 눈이 나는 닮았다 한다.

스물세 해 동안 나를 키운 건 팔할八割이 바람이다.

세상은 가도 가도 부끄럽기만 하더라.

어떤 이는 내 눈에서 죄인罪人을 읽고 가고

어떤 이는 내 입에서 천치天痴를 읽고 가나

나는 아무것도 뉘우치진 않을란다.

°   한 그루.
°°   아이를 배에 둔 채. 임신한 상태로.
°°° 동학농민혁명이 있었던 1894년.

찬란히 틔워 오는 어느 아침에도
이마 위에 얹힌 시詩의 이슬에는
몇 방울의 피가 언제나 섞여 있어
별이거나 그늘이거나 혓바닥 늘어뜨린
병든 수캐마냥 헐떡거리며 나는 왔다.

나는 세상모르고 살았노라

_ 김소월

"가고 오지 못한다"는 말을

철없던 내 귀로 들었노라.

만수산萬壽山 올라서서

옛날에 갈라선 그 내 님도

오늘날 뵈올 수 있었으면.

나는 세상모르고 살았노라.

고락苦樂에 겨운 입술로는

같은 말도 조금 더 영리하게

말하게도 지금은 되었건만.

오히려 세상모르고 살았으면!

"돌아서면 무심타"는 말이

그 무슨 뜻인 줄을 알았으랴.

제석산帝釋山 붙는 불은 옛날에 갈라선 그 내 님의

무덤의 풀이라도 태웠으면!

빈집

_ 기형도

사랑을 잃고 나는 쓰네

잘 있거라, 짧았던 밤들아
창밖을 떠돌던 겨울안개들아
아무것도 모르던 촛불들아, 잘 있거라
공포를 기다리던 흰 종이들아
망설임을 대신하던 눈물들아
잘 있거라, 더 이상 내 것이 아닌 열망들아

장님처럼 나 이제 더듬거리며 문을 잠그네
가엾은 내 사랑 빈집에 갇혔네

떠나가는 배

_ 박용철

나 두 야 간다

나의 이 젊은 나이를

눈물로야 보낼 거냐

나 두 야 가련다

아늑한 이 항군들 손쉽게야 버릴 거냐

안개같이 물 어린 눈에도 비치나니

골짜기마다 발에 익은 묏부리* 모양

주름살도 눈에 익은 아— 사랑하던 사람들

버리고 가는 이도 못 잊은 마음

쫓겨가는 마음인들 무어 다를 거냐

돌아다보는 구름에는 바람이 희살** 짓는다

앞 대일 언덕인들 미련이나 있을 거냐

*   산봉우리.
**   희롱하여 훼방 놓음.

나 두 야 가련다

나의 이 젊은 나이를

눈물로야 보낼 거냐

나 두 야 간다

불놀이

_ 주요한

아아, 날이 저문다, 서편 하늘에, 외로운 강물 위에, 스러져가는 분홍빛 놀…… 아아 해가 저물면 해가 저물면, 날마다 살구나무 그늘에 혼자 우는 밤이 또 오건마는, 오늘은 사월이라 파일날, 큰 길을 물밀어가는 사람 소리는…… 듣기만 하여도 흥성스러운 것을, 왜 나만 혼자 가슴에 눈물을 참을 수 없는고?

아아, 춤을 춘다, 춤을 춘다, 시뻘건 불덩이가 춤을 춘다. 잠잠한 성문 위에서 내려다보니, 물 냄새 모래 냄새, 밤을 깨물고 하늘을 깨무는 횃불이 그래도 무엇이 부족하여 제 몸까지 물고 뜯을 때, 혼자서 어두운 가슴 품은 젊은 사람은 과거의 퍼런 꿈을 찬 강물 위에 내던지나, 무정한 물결이 그 그림자를 멈출 리가 있으랴? ―아아 꺾어서 시들지 않는 꽃도 없건마는, 가신 님 생각에 살아도 죽은 이 마음이야, 에라 모르겠다, 저 불길로 이 가슴 태워버릴까, 이 설움 살라버릴까, 어제도 아픈 발 끌면서 무덤에 가보았더니 겨울에는 말랐던 꽃이 어느덧 피었더라마는, 사랑의 봄은 또다시 안 돌아오는가, 차라리 속 시원히 오늘 밤 이 물 속에…… 그러면 행여나 불쌍히 여겨 줄 이나 있을까…… 할 적에 퉁, 탕, 불티를 날리면서 튀어나는 매화포*, 펄떡 정신을 차리니 우구구 떠드는 구경꾼의

* 폭죽

소리가 저를 비웃는 듯, 꾸짖는 듯. 아아 좀 더 강렬한 열정에 살고 싶다. 저기 저 횃불처럼 엉키는 연기, 숨 막히는 불꽃의 고통 속에서라도 더욱 뜨거운 삶을 살고 싶다고 뜻밖에 가슴 두근거리는 것은 나의 마음…….

사월달 따스한 바람이 강을 넘으면, 청류벽淸流碧, 모란봉 높은 언덕 위에 허어옇게 흐늑이는 사람 떼, 바람이 와서 불 적마다 불빛에 물든 물결이 미친 웃음을 웃으니, 겁 많은 물고기는 모래 밑에 들어박히고, 물결치는 뱃슭에는 졸음 오는 '리듬'의 형상이 오락가락 — 어른거리는 그림자, 일어나는 웃음소리, 달아 논 등불 밑에서 목청껏 길게 빼는 어린 기생의 노래, 뜻밖에 정욕을 이끄는 불구경도 인제는 겹고, 한 잔 한 잔 또 한 잔, 끝없는 술도 인제는 싫어, 지저분한 배 밑창에 누우면, 까닭 모르는 눈물은 눈을 데우며, 간단없는 장고 소리에 겨운 남자들은 때때로 부리는 욕심에 못 견디어 번득이는 눈으로 뱃가에 뛰어나가면, 뒤에 남은 죽어가는 촛불은 우그러진 치마 깃 위에 조을 때, 뜻 있는 듯이 찌걱거리는 배젓개 소리는 더욱 가슴을 누른다…….

아아 강물이 웃는다, 웃는다, 괴상한 웃음이다, 차디찬 강물이 껌껌한 하늘을 보고 웃는 웃음이다. 아아, 배가 올라온다, 배가 오른다, 바람이 불 적마다 슬프게 슬프게 삐걱거리는 배가 오른다…….

저어라, 배를, 멀리서 잠자는 능라도까지, 물살 빠른 대동강을 저어 오르라, 거기 너의 애인이 맨발로 서서 기다리는 언덕으로 곧추 너의 뱃머리를 돌리라. 물결 끝에서 일어나는 추운 바람도 무엇이리오, 괴이한 웃음소리도 무엇이리오, 사랑 잃은 청년의 어두운 가슴 속도 너에게야 무엇이리오, 그림자 없이는 '밝음'도 있을 수 없는 것을 ― 오오 다만 네 확실한 오늘을 놓치지 말라. 오오 사르라, 사르라! 오늘 밤! 너의 빨간 횃불을, 빨간 입술을, 눈동자를, 또한 너의 빨간 눈물을…….

별 헤는 밤

_윤동주

계절이 지나가는 하늘에는

가을로 가득 차 있습니다.

나는 아무 걱정도 없이

가을 속의 별들을 다 헤일 듯합니다.

가슴 속에 하나 둘 새겨지는 별을

이제 다 못 헤는 것은

쉬이 아침이 오는 까닭이요,

내일 밤이 남은 까닭이요,

아직 나의 청춘이 다하지 않은 까닭입니다.

별 하나에 추억과

별 하나에 사랑과

별 하나에 쓸쓸함과

별 하나에 동경과

별 하나에 시와

별 하나에 어머니, 어머니,

어머님, 나는 별 하나에 아름다운 말 한마디씩 불러봅니다. 소학교 때
책상을 같이 했던 아이들의 이름과, 패, 경, 옥 이런 이국 소녀들의 이름과
벌써 애기 어머니 된 계집애들의 이름과, 가난한 이웃 사람들의 이름과,
비둘기, 강아지, 토끼, 노새, 노루, 프랑시스 잠, 라이너 마리아 릴케 이런
시인의 이름을 불러봅니다.

이네들은 너무나 멀리 있습니다.
별이 아스라이 멀 듯이,

어머님,
그리고 당신은 멀리 북간도에 계십니다.

나는 무엇인지 그리워
이 많은 별빛이 내린 언덕 위에
내 이름자를 써보고,
흙으로 덮어버리었습니다.

딴은 밤을 새워 우는 벌레는
부끄러운 이름을 슬퍼하는 까닭입니다.

그러나 겨울이 지나고 나의 별에도 봄이 오면
무덤 위에 파란 잔디가 피어나듯이
내 이름자 묻힌 언덕 위에도
자랑처럼 풀이 무성할 게외다.

교외 Ⅲ

_ 박성룡

바람이여,

풀섶을 가던, 그리고 때로는 저기 북녘의 검은 산맥을 넘나들던

그 무형無形한 것이여,

너는 언제나 내가 이렇게 한낱 나뭇가지처럼 굳어 있을 땐

와 흔들며 애무했거니,

나의 그 풋풋한 것이여.

불어다오,

저 이름 없는 풀꽃들을 향한 나의 사랑이

아직은 이렇게 가시지 않았을 때

다시 한번 불어다오, 바람이여,

아 사랑이여.

해바라기의 비명碑銘
-청년 화가 L을 위하여

_ 함형수

나의 무덤 앞에는 그 차가운 빗돌을 세우지 말라.

나의 무덤 주위에는 그 노오란 해바라기를 심어 달라.

그리고 해바라기의 긴 줄거리 사이로 끝없는 보리밭을 보여 달라.

노오란 해바라기는 늘 태양같이 태양같이 하던 화려한 나의 사랑이라고

생각하라.

푸른 보리밭 사이로 하늘을 쏘는 노고지리가 있거든 아직도 날아오르는

나의 꿈이라고 생각하라.

새로운 길

_ 윤동주

내를 건너서 숲으로
고개를 넘어서 마을로

어제도 가고 오늘도 갈
나의 길 새로운 길

민들레가 피고 까치가 날고
아가씨가 지나고 바람이 일고

나의 길은 언제나 새로운 길
오늘도…… 내일도……

내를 건너서 숲으로
고개를 넘어서 마을로

소년

_ 윤동주

여기저기서 단풍잎 같은 슬픈 가을이 뚝뚝 떨어진다. 단풍잎 떨어져나온 자리마다 봄을 마련해 놓고 나뭇가지 위에 하늘이 펼쳐 있다. 가만히 하늘을 들여다보려면 눈썹에 파란 물감이 든다. 두 손으로 따뜻한 볼을 쓸어보면 손바닥에도 파란 물감이 묻어난다. 다시 손바닥을 들여다본다. 손금에는 맑은 강물이 흐르고, 맑은 강물이 흐르고, 강물 속에는 사랑처럼 슬픈 얼굴— 아름다운 순이의 얼굴이 어린다. 소년은 황홀히 눈을 감아본다. 그래도 맑은 강물은 흘러 사랑처럼 슬픈 얼굴— 아름다운 순이의 얼굴은 어린다.

나의 노래

_오장환

나의 노래가 끝나는 날은

내 가슴에 아름다운 꽃이 피리라.

새로운 묘에는

옛 흙이 향그러

단 한 번

나는 울지도 않았다.

새야 새 중에도 종다리야

화살같이 날아가거라

나의 슬픔은

오직 님을 향하여

나의 과녁은

오직 님을 향하여

단 한 번
기꺼운 적도 없었더란다.

슬피 바래는 마음만이
그를 좇아
내 노래는 벗과 함께 느끼었노라.

나의 노래가 끝나는 날은
내 무덤에 아름다운 꽃이 피리라.

억울함

_ 최승자

사공이 사라진 하늘의 뱃전

구름은 북쪽으로 흘러가고

청춘도 病도 떠나간다

사랑도 詩도 데리고

모두 떠나가다오

끝끝내 해가 지지도 않는 이 땅의

꽃 피고 꽃 져도

남아도는 피의 외로움뿐

죽어서도 철천지 꿈만 남아

이 마음의 毒은 안 풀리리니

모두 데려가다오

세월이여 길고 긴 함정이여

모란이 피기까지는

_ 김영랑

모란이 피기까지는

나는 아직 나의 봄을 기다리고 있을 테요.

모란이 뚝뚝 떨어져버린 날,

나는 비로소 봄을 여읜 설움에 잠길 테요.

오월 어느 날, 그 하루 무덥던 날,

떨어져 누운 꽃잎마저 시들어버리고는

천지에 모란은 자취도 없어지고,

뻗쳐 오르던 내 보람 서운케 무너졌느니,

모란이 지고 말면 그뿐, 내 한 해는 다 가고 말아,

삼백예순 날 하냥 섭섭해 우옵내다.

모란이 피기까지는

나는 아직 기다리고 있을 테요, 찬란한 슬픔의 봄을.

2부
너를 그리며
흔들리는 마음으로

시인은 만남보다 이별을 먼저 노래한다.

청춘의 사랑은 쉽게 고백되지 않는다.

기다림과 그리움 속에서

사랑은 더 깊어지고, 더 흔들린다.

부르는 목소리는 점점 낮아지고,

기다림은 슬픔과 섞여 또 다른 얼굴이 된다.

떠나보내면서도 끝내 놓지 못한 이름 하나,

꽃이 지고 노래가 멎어도

마음 한쪽에 오래 남는다.

이 흔들림 속에서 사랑은 완성되지 않는다.

다만 한 시절의 중심으로 남아

다음 시간을 살아가게 한다.

사랑스런 추억

_ 윤동주

봄이 오던 아침, 서울 어느 조그만 정거장에서

희망과 사랑처럼 기차를 기다려,

나는 플랫폼에 간신한 그림자를 떨어뜨리고,

담배를 피웠다.

내 그림자는 담배 연기 그림자를 날리고

비둘기 한 떼가 부끄러울 것도 없이

나래 속을 속, 속, 햇빛에 비춰, 날았다.

기차는 아무 새로운 소식도 없이

나를 멀리 실어다주어,

봄은 다 가고 — 동경 교외 어느 조용한 하숙방에서, 옛 거리에 남은

나를 희망과 사랑처럼 그리워한다.

오늘도 기차는 몇 번이나 무의미하게 지나가고,

오늘도 나는 누구를 기다려 정거장 가까운 언덕에서
서성거릴 게다.

— 아아 젊음은 오래 거기 남아 있거라.

내 마음을 아실 이

_ 김영랑

내 마음을 아실 이
내 혼자 마음 날같이 아실 이
그래도 어디나 계실 것이면,

내 마음에 때때로 어리우는 티끌과
속임 없는 눈물의 간곡한 방울방울,
푸른 밤 고이 맺는 이슬 같은 보람을
보밴 듯 감추었다 내어 드리지.

아! 그립다.
내 혼자 마음 날같이 아실 이
꿈에나 아득히 보이는가.

향 맑은 옥돌에 불이 달아
사랑은 타기도 하오련만
불빛에 연긴 듯 희미론 마음은,
사랑도 모르리, 내 혼자 마음은.

알 수 없어요

_ 한용운

바람도 없는 공중에 수직의 파문을 내이며 고요히 떨어지는 오동잎은 누구의 발자취입니까.

지리한 장마 끝에 서풍에 몰려가는 무서운 검은 구름의 터진 틈으로 언뜻언뜻 보이는 푸른 하늘은 누구의 얼굴입니까.

꽃도 없는 깊은 나무에 푸른 이끼를 거쳐서 옛 탑 위에 고요한 하늘을 스치는 알 수 없는 향기는 누구의 입김입니까.

근원은 알지도 못할 곳에서 나서 돌부리를 울리고 가늘게 흐르는 작은 시내는 굽이굽이 누구의 노래입니까.

연꽃 같은 발꿈치로 가이없는 바다를 밟고 옥 같은 손으로 끝없는 하늘을 만지면서 떨어지는 해를 곱게 단장하는 저녁놀은 누구의 詩입니까.

타고 남은 재가 다시 기름이 됩니다. 그칠 줄을 모르고 타는 나의 가슴은 누구의 밤을 지키는 약한 등불입니까.

목마와 숙녀

_ 박인환

한 잔의 술을 마시고

우리는 버지니아 울프의 생애와

목마를 타고 떠난 숙녀의 옷자락을 이야기한다

목마는 주인을 버리고 그저 방울 소리만 울리며

가을 속으로 떠났다 술병에서 별이 떨어진다

상심한 별은 내 가슴에 가벼움게 부서진다

그러한 잠시 내가 알던 소녀는

정원의 초목 옆에서 자라고

문학이 죽고 인생이 죽고

사랑의 진리마저 애증의 그림자를 버릴 때

목마를 탄 사랑의 사람은 보이지 않는다

세월은 가고 오는 것

한때는 고립을 피하여 시들어가고

이제 우리는 작별하여야 한다

술병이 바람에 쓰러지는 소리를 들으며

늙은 여류작가의 눈을 바라다보아야 한다

……등대에……

불이 보이지 않아도

그저 간직한 페시미즘의 미래를 위하여

우리는 처량한 목마 소리를 기억하여야 한다

모든 것이 떠나든 죽든

그저 가슴에 남은 희미한 의식을 붙잡고

우리는 버지니아 울프의 서러운 이야기를 들어야 한다

두 개의 바위 틈을 지나 청춘을 찾은 뱀과 같이

눈을 뜨고 한 잔의 술을 마셔야 한다

인생은 외롭지도 않고

그저 잡지의 표지처럼 통속하거늘

한탄할 그 무엇이 무서워서 우리는 떠나는 것일까

목마는 하늘에 있고

방울 소리는 귓전에 철렁거리는데

가을 바람 소리는

내 쓰러진 술병 속에서 목메어 우는데

가는 길

_ 김소월

그립다

말을 할까

하니 그리워

그냥 갈까

그래도

다시 더 한 번……

저 산에도 까마귀, 들에 까마귀,

서산에는 해 진다고

지저귑니다.

앞 강물 뒷 강물

흐르는 물은

어서 따라오라고 따라가자고

흘러도 연달아 흐릅디다려.

나룻배와 행인

_ 한용운

나는 나룻배

당신은 行人

당신은 흙발로 나를 짓밟습니다.

나는 당신을 안고 물을 건너갑니다.

나는 당신을 안으면 깊으나 얕으나 급한 여울이나 건너갑니다.

만일 당신이 아니 오시면 나는 바람을 쐬고 눈비를 맞으며 밤에서 낮까지

당신을 기다리고 있습니다.

당신은 물만 건너면 나를 돌아보지도 않고 가십니다그려.

그러나 당신이 언제든지 오실 줄만은 알아요.

나는 당신을 기다리면서 날마다 날마다 낡아갑니다.

나는 나룻배

당신은 行人

낙화

_ 조지훈

꽃이 지기로서니

바람을 탓하랴

주렴 밖에 성긴 별이

하나 둘 스러지고

귀촉도* 울음 뒤에

머언 산이 다가서다

촛불을 꺼야 하리

꽃이 지는데

* 두견과의 새.

꽃 지는 그림자

뜰에 어리어

하이얀 미닫이가

우런** 붉어라

묻혀서 사는 이의

고운 마음을

아는 이 있을까

저어하노니

꽃이 지는 아침은

울고 싶어라

** 보일 듯 말 듯.

초혼招魂

_ 김소월

산산이 부서진 이름이여!
허공중에 헤어진 이름이여!
불러도 주인 없는 이름이여!
부르다가 내가 죽을 이름이여!

심중에 남아 있는 말 한마디는
끝끝내 마저 하지 못하였구나.
사랑하던 그 사람이여!
사랑하던 그 사람이여!

붉은 해는 서산 마루에 걸리었다.
사슴의 무리도 슬피 운다.
떨어져나가 앉은 산 위에서
나는 그대의 이름을 부르노라.

설움에 겹도록 부르노라.
설움에 겹도록 부르노라.
부르는 소리는 비껴가지만
하늘과 땅 사이가 너무 넓구나.

선 채로 이 자리에 돌이 되어도
부르다가 내가 죽을 이름이여!
사랑하던 그 사람이여!
사랑하던 그 사람이여!

보리피리

_한하운

보리피리 불며

봄 언덕

고향 그리워

피―ㄹ닐니리.

보리피리 불며

꽃 청산靑山

어린 때 그리워

피―ㄹ닐니리.

보리피리 불며

인환人寰*의 거리

인간사人間事 그리워

피―ㄹ닐니리.

* 인간의 세계.

보리피리 불며

방랑의 기산하幾山河••

눈물의 언덕을 지나

피―ㄹ닐니리.

울고 있는 가수

_ 허수경

가수는 노래하고 세월은 흐른다

사랑아, 가끔 날 위해 울 수 있었니

그러나 울 수 있었던 날들의 따뜻함

나도 한때 하릴없이 죽지는 않겠다,

아무도 살지 않는 집 돌담에 기대

햇살처럼 번진 적도 있었다네

맹세는 따뜻함처럼 우리를 배반했으나

우는 철새의 애처로움

우우 애처로움을 타는 마음들

우우 마음들이 가여워라

마음을 빠져나온 마음이 마음에게로 가기 위해

설명할 수 없는 세상의 일들은 나를 울게 한다

울 수 있음의 따뜻했음

사랑아, 너도 젖었니

감추어두었던 단 하나, 그리움의 입구도 젖었니

잃어버린 사랑조차 나를 떠난다

무정하니 세월아,

저 사랑의 찬가

이제는 다만 때 아닌, 때 늦은 사랑에 관하여

_ 이성복

이제는 송곳보다 송곳에 찔린 허벅지에 대하여

말라붙은 눈꺼풀과 문드러진 입술에 대하여

정든 유곽의 맑은 아침과 식은 아랫목에 대하여

이제는, 정든 유곽에서 빠져나올 수 없는 한 발자국을

위하여 질펅이는 눈길과 하품하는 굴뚝과 구정물에 흐르는

종소리를 위하여 더럽혀진 처녀들과 비명에 간 사내들의

썩어가는 팔과 꾸들꾸들한 눈동자를 위하여 이제는

누이들과 처제들의 꿈꾸는, 물 같은 목소리에 취하여

버려진 조개 껍질의 보라색 무늬와 길바닥에 쓰러진

까치의 암록색 꼬리에 취하여 노래하리라 정든 유곽

어느 잔칫집 어느 상갓집에도 찾아다니며 피어나고

떨어지는 것들의 낮은 신음 소리에 맞추어 녹은 것

구부러진 것 얼어붙은 것 갈라터진 것 나가떨어진 것들

옆에서 한 번, 한 번만 보고 싶음과 만지고 싶음과 살 부비고 싶음에

관하여 한 번, 한 번만 부여안고 휘이 돌고 싶음에 관하여

이제는 다만 때 아닌, 때 늦은 사랑에 관하여

개여울*

_ 김소월

당신은 무슨 일로

그리합니까?

홀로이 개여울에 주저앉아서

파릇한 풀포기가

돋아나오고

잔물은 봄바람에 해적일 때에

가도 아주 가지는

않노라시던

그러한 약속이 있었겠지요

* 개울의 여울목.

날마다 개여울에

나와 앉아서

하염없이 무엇을 생각합니다

가도 아주 가지는

않노라심은

굳이 잊지 말라는 부탁인지요

방랑의 마음

_ 오상순

흐름 위에

보금자리 친

오— 흐름 위에

보금자리 친

나의 혼魂…….

바다 없는 곳에서

바다를 연모하는 나머지에

눈을 감고 마음속에

바다를 그려보다

가만히 앉아서 때를 잃고……

옛 성 위에 발돋움하고

들 너머 산 너머 보이는 듯 마는 듯

어릿거리는 바다를 바라보다

해 지는 줄도 모르고—

바다를 마음에 불러일으켜

가만히 응시하고 있으면

깊은 바닷소리

나의 피의 조류를 통하여 오도다.

망망한 푸른 해원海原* —

마음 눈에 펴서 열리는 때에

안개 같은 바다와 향기

코에 서리도다.

• 　지구 위에서 육지를 제외한 부분. 아득히 넓은 바다.

세월이 가면

_ 박인환

지금 그 사람의 이름은 잊었지만

그의 눈동자 입술은

내 가슴에 있어.

바람이 불고

비가 올 때도

나는 저 유리창 밖

가로등 그늘의 밤을 잊지 못하지

사랑은 가고

과거는 남는 것

여름날의 호숫가

가을의 공원

그 벤치 위에

나뭇잎은 떨어지고

나뭇잎은 흙이 되고

나뭇잎에 덮여서

우리들 사랑이 사라진다 해도

지금 그 사람 이름은 잊었지만

그의 눈동자 입술은

내 가슴에 있어

내 서늘한 가슴에 있건만

먼 후일

_ 김소월

먼 훗날 당신이 찾으시면

그때에 내 말이 "잊었노라"

당신이 속으로 나무라면

"무척 그리다가 잊었노라"

그래도 당신이 나무라면

"믿기지 않아서 잊었노라"

오늘도 어제도 아니 잊고

먼 훗날 그때에 "잊었노라"

3부

세상과 부딪히며

무엇을 소망할 것인가

시인도 사회와 역사 속에서 살아간다.

고요한 언어 뒤에는 언제나 시대의 소음이 겹쳐 있다.

개인의 마음은 세계의 압력과 맞닿고,

시는 더 이상 혼자 남지 못한다.

도시와 노동, 가난과 말의 균열 속에서

문장은 부서지고, 다시 이어진다.

세상과 부딪히는 순간마다

지키고 싶은 것은 오히려 줄어들고,

끝내 놓지 말아야 할 한 가지가 또렷해진다.

소망은 커지지 않는다.

다만 작아진 자리에서

더 단단해진다.

바람이 불어

_ 윤동주

바람이 어디로부터 불어와

어디로 불려가는 것일까,

바람이 부는데

내 괴로움에는 이유가 없다.

내 괴로움에는 이유가 없을까,

단 한 여자를 사랑한 일도 없다.

시대를 슬퍼한 일도 없다.

바람이 자꾸 부는데

내 발이 반석 위에 섰다.

강물이 자꾸 흐르는데

내 발이 언덕 위에 섰다.

쉽게 씌어진 시

_ 윤동주

창밖에 밤비가 속살거려

육첩방*은 남의 나라,

시인이란 슬픈 天命인 줄 알면서도

한 줄 시를 적어볼까,

땀내와 사랑내 포근히 품긴

보내주신 학비 봉투를 받아

대학 노트를 끼고

늙은 교수의 강의 들으러 간다.

생각해 보면 어린 때 동무를

하나, 둘, 죄다 잃어버리고

* 다다미 여섯 장을 깐 일본식 방.

나는 무얼 바라

나는 다만, 홀로 침전하는 것일까?

인생은 살기 어렵다는데

시가 이렇게 쉽게 씌어지는 것은

부끄러운 일이다.

육첩방은 남의 나라,

창밖에 밤비가 속살거리는데,

등불을 밝혀 어둠을 조금 내몰고,

시대처럼 올 아침을 기다리는 최후의 나,

나는 나에게 작은 손을 내밀어

눈물과 위안으로 잡는 최초의 악수.

갈매기

_ 정지용

돌아보아야 언덕 하나 없다. 솔나무 하나 떠는 풀잎 하나 없다.

해는 하늘 한복판에 백금 도가니처럼 끓고, 동그란 바다는 이제 팽이처럼 돌아간다.

갈매기야, 갈매기야, 너는 고양이 소리를 하는구나.

고양이가 이런 데 살 리야 있나, 너는 어디서 났니? 목이야 희기도 희다, 나래도 희다, 발톱이 깨끗하다, 뛰는 고기를 문다.

흰 물결이 치여들 때 푸른 물굽이가 내려앉을 때,

갈매기야, 갈매기야 아는 듯 모르는 듯 너는 생겨났지,

내사 검은 밤비가 섬돌 위에 울 때 호롱불 앞에 났다더라. 내사 어머니도 있다, 아버지도 있다, 그이들은 머리가 희시다.

나는 허리가 가는 청년이라, 내 홀로 사모한 이도 있다. 대추나무 꽃 피는 동네다 두고 왔단다.

갈매기야, 갈매기야, 너는 목으로 물결을 감는다, 발톱으로 민다.

물속을 든다, 솟는다, 떠돈다, 모로 난다.

너는 쌀을 아니 먹어도 사나? 내 손이사 짓부풀어졌다.

수평선 위에 구름이 이상하다, 돛폭에 바람이 이상하다.

팔뚝을 끼고 눈을 감았다, 바다의 외로움이 검은 넥타이처럼 만져진다.

뒷길로 가자

_ 이용악

우러러 받들 수 없는 하늘

검은 하늘이 쏟아져 내린다

온몸을 굽이치는

병든 흐름도 캄캄히 저물어가는데

예서 아는 이를 만나면 숨어버리지

숨어서 휘정휘정 뒷길을 걸을라치면

지나간 모든 날이 따라오리라

썩은 나무다리 걸쳐 있는 개울까지

개울 건너 또 개울 건너

빠알간 숯불에 비웃이 타는 선술집까지

푸르른 새벽인들 내게 없었을라구

나를 에워싸고

외치며 쓰러지는 수없이 많은 나의 얼굴은

파리한 이마는 입술은 잊어버리고자

나의 해바라기는

무거운 머리를 어느 가슴에 떨어뜨리랴

이제 검은 하늘과 함께

줄기줄기 차가운 비 쏟아져 내릴 것을

네거리는 싫어 네거리는 싫어

히 히 몰래 웃으며 뒷길로 가자

자고 새면
– 벗이여 나는 이즈음 자꾸만 하나의 운명이란 것을 생각코 있다.

_임화

자고 새면

이변을 꿈꾸면서

나는 어느 날이나

무사하기를 바랐다

행복되려는 마음이

나를 여러 차례

주검에서 구해준 은혜를

잊지 않지만

행복도 즐거움도

무사한 그날그날 가운데

찾아지지 아니할 때

나의 생활은

꽃 진 장미넝쿨이었다

푸른 잎을 즐기기엔

나의 나이가 너무 어리고

마른 가지를 사랑키엔

더구나 마음이 애띠어

그만 인젠

살려고 무사하려던 생각이

믿기 어려워 한이 되어

몸과 마음이 상할

자리를 비워주는 운명이

애인처럼 그립다

병든 서울(부분)

_오장환

8월 15일 밤에 나는 병원에서 울었다.

너희들은 다 같은 기쁨에

내가 운 줄 알지만 그것은 새빨간 거짓말이다.

일본 천황의 방송도,

기쁨에 넘치는 소문도,

내게는 곧이가 들리지 않았다.

나는 그저 병든 탕아로

홀어머니 앞에서 죽는 것이 부끄럽고 원통하였다.

그러나 하루아침 자고 깨니

이것은 너무나 가슴을 터치는 사실이었다.

기쁘다는 말,

에이 소용도 없는 말이다.

그저 울면서 두 주먹을 부르쥐고

나는 병원에서 뛰쳐나갔다.

그리고, 어째서 날마다 뛰쳐나간 것이냐.

큰 거리에는,

네거리에는, 누가 있느냐.

싱싱한 사람 굳건한 청년, 씩씩한 웃음이 있는 줄 알았다.

……

병든 서울, 아름다운, 그리고 미칠 것 같은 나의 서울아

네 품에 아무리 춤추는 바보와 술 취한 망종이 다시 끓어도

나는 또 보았다.

우리들 인민의 이름으로 씩씩한 새 나라를 세우려 힘쓰는 이들을……

그리고 나는 외친다.

우리 모든 인민의 이름으로

우리네 인민의 공통된 행복을 위하여

우리들은 얼마나 이것을 바라는 것이냐.

아, 인민의 힘으로 되는 새 나라

……

123

정거장에서의 충고

_ 기형도

미안하지만 나는 이제 희망을 노래하련다

마른 나무에서 연거푸 물방울이 떨어지고

나는 천천히 노트를 덮는다

저녁의 정거장에 검은 구름은 멎는다

그러나 추억은 황량하다, 군데군데 쓰러져 있던

개들은 황혼이면 처량한 눈을 껌벅일 것이다

물방울은 손등 위를 굴러다닌다, 나는 기우뚱

망각을 본다, 어쩌다가 집을 떠나왔던가

그곳으로 흘러가는 길은 이미 지상에 없으니

추억이 덜 깬 개들은 내 딱딱한 손을 깨물 것이다

구름은 나부낀다, 얼마나 느린 속도로 사람들이 죽어갔는지

얼마나 많은 나뭇잎들이 그 좁고 어두운 입구로 들이닥쳤는지

내 노트는 알지 못한다, 그동안 의심 많은 길들은

끝없이 갈라졌으니 혀는 흉기처럼 단단하다

물방울이여, 나그네의 말을 귀담아들어선 안 된다

주저앉으면 그뿐, 어떤 구름이 비가 되는지 알게 되리

그렇다면 나는 저녁의 정거장을 마음속에 옮겨놓는다

내 희망을 감시해 온 불안의 짐짝들에게 나는 쓴다

이 누추한 육체 속에 얼마든지 머물다 가시라고

모든 길들이 흘러온다, 나는 이미 늙은 것이다

이 시대의 사랑

_ 최승자

불러도 삼월에는 주인이 없다

동대문 발치에서 풀잎이 비밀에 젖는다.

늘 그대로의 길목에서 집으로

우리는 익숙하게 빠져들어

세상 밖의 잠 속으로 내려가고

꿈의 깊은 늪 안에서 너희는 부르지만

애인아 사천 년 하늘 빛이 무거워

'이 강산 낙화유수 흐르는 물에'

우리는 발이 묶인 구름이다.

밤마다 복면한 바람이

우리를 불러내는

이 무렵의 뜨거운 암호를

죽음이 죽음을 따르는

이 시대의 무서운 사랑을

우리는 풀지 못한다

서정시를 쓰기 힘든 시대

_ 베르톨트 브레히트

나도 안다, 행복한 자만이

사랑받고 있음을, 그의 음성은

듣기 좋고, 그의 얼굴은 잘생겼다.

마당의 구부러진 나무가

토질 나쁜 땅을 가리키고 있다. 그러나

지나가는 사람들은 으레 나무를

못생겼다 욕한다.

해협의 산뜻한 보트와 즐거운 돛단배들이

내게는 보이지 않는다. 내게는 무엇보다도

어부들의 찢어진 어망이 눈에 띨 뿐이다.

왜 나는 자꾸

40대의 소작인 처가 허리를 꼬부리고 걸어가는 것만 이야기하는가?

처녀들의 젖가슴은

예나 이제나 따스한데,

나의 시에 운을 맞춘다면 그것은

내게 거의 오만처럼 생각된다.

꽃피는 사과나무에 대한 감동과

엉터리 화가*에 대한 경악이

나의 가슴 속에서 다투고 있다.

그러나 바로 두 번째 것이

나로 하여금 시를 쓰게 한다.

(김광규 옮김)

* 히틀러를 가리킨다.

거울

_ 이상

거울속에는소리가없소

저렇게까지조용한세상은참없을것이오

거울속에도내게귀가있소

내말을못알아듣는딱한귀가두개나있소

거울속의나는왼손잡이요

내악수를받을줄모르는—악수를모르는왼손잡이요

거울때문에나는거울속의나를만져보지를못하는구료마는

거울아니었던들내가어찌거울속의나를만나보기만이라도했겠소

나는지금거울을안가졌소마는거울속에는늘거울속의내가있소

잘은모르지만외로된사업에골몰할게요

거울속의나는참나와는반대요마는

또꽤닮았소

나는거울속의나를근심하고진찰할수없으니퍽섭섭하오

이런 시

_이상

역사役事*를 하노라고 땅을 파다가 커다란 돌을 하나 끄집어내어 놓고 보니 도무지 어디서인가 본 듯한 생각이 들게 모양이 생겼는데 목도木徒**들이 그것을 메고 나가더니 어디다 갖다 버리고 온 모양이길래 쫓아나가 보니 위험하기 짝이 없는 큰길가더라.

그날 밤에 한 소나기 하였으니 필시 그 돌이 깨끗이 씻겼을 터인데 그 이튿날 가 보니까 변괴로다 간데온데없더라. 어떤 돌이 와서 그 돌을 업어갔을까 나는 참 이런 처량한 생각에서 아래와 같은 작문을 지었도다.
"내가 그다지 사랑하던 그대여 내 한평생에 차마 그대를 잊을 수 없소이다. 내 차례에 못 올 사랑인 줄은 알면서도 나 혼자는 꾸준히 생각하리다. 자 그러면 내내 어여쁘소서."
어떤 돌이 내 얼굴을 물끄러미 치어다보는 것만 같아서 이런 시詩는 그만 찢어버리고 싶더라.

* 토목이나 건축 따위의 공사.
** 인부. 일꾼.

절정

_ 이육사

매운 계절의 채찍에 갈겨

마침내 북방으로 휩쓸려 오다.

하늘도 그만 지쳐 끝난 고원

서릿발 칼날 진 그 위에 서다.

어디다 무릎을 꿇어야 하나

한 발 재겨 디딜 곳조차 없다.

이러매 눈 감아 생각해 볼밖에

겨울은 강철로 된 무지갠가 보다.

무서운 시간

_ 윤동주

거 나를 부르는 것이 누구요,

가랑잎 이파리 푸르러 나오는 그늘인데,

나 아직 여기 호흡이 남아 있소.

한 번도 손들어보지 못한 나를

손들어 표할 하늘도 없는 나를

어디에 내 한몸 둘 하늘이 있어

나를 부르는 것이오.

일을 마치고 내 죽는 날 아침에는

서럽지도 않은 가랑잎이 떨어질 텐데……

나를 부르지 마오.

십자가

_ 윤동주

쫓아오던 햇빛인데
지금 교회당 꼭대기
십자가에 걸리었습니다.

첨탑이 저렇게도 높은데
어떻게 올라갈 수 있을까요.

종소리도 들려오지 않는데
휘파람이나 불며 서성거리다가,

괴로웠던 사나이,
행복한 예수 그리스도에게
처럼
십자가가 허락된다면

모가지를 드리우고
꽃처럼 피어나는 피를
어두워가는 하늘 밑에
조용히 흘리겠습니다.

헌사 Artemis*

_오장환

마귀야 땅에 끌리는 네 검은 옷자락으로 나를 데려가거라

늙어지는 밤이 더욱 다가들어

철책 안 짐승이 운다.

나의 슬픈 노래는 누굴 위하여 불러왔느냐

하염없는 눈물은 누굴 위하여 흘려왔느냐

오늘도 말 탄 근위병의 발굽 소리는

성 밖으로 달려갔다

나도 어디쯤 조그만 카페 안에서

자랑과 유전遺傳이 든 지갑 마구리를 열어 헤치고

만나는 청년마다 입을 맞추리

충충한 구름다리 썩은 은기둥에 기대어 서서

기이한 손님아 기다리느냐

붉은 집 벽돌담으로 달이 떠온다

* 그리스 로마 신화의 올림포스 12신 중 하나. 달의 신이자 사냥, 순결의 여신.

저 멀리서 또 이 가까이서도

나의 오장에서도 개울물이 흐르는 소리

스틱스의 지류인가 야기夜氣에 번적거리어

이 밤도 또한 이 밤도 슬픈 노래는 이슬비와 눈물에 적시었노니

청춘이여! 지거라

자랑이여! 가거라

쓸쓸한 너의 고향에……

길

_ 윤동주

잃어버렸습니다.

무얼 어디다 잃었는지 몰라

두 손이 주머니를 더듬어

길에 나아갑니다.

돌과 돌과 돌이 끝없이 연달아

길은 돌담을 끼고 갑니다.

담은 쇠문을 굳게 닫아

길 위에 긴 그림자를 드리우고

길은 아침에서 저녁으로

저녁에서 아침으로 통했습니다.

돌담을 더듬어 눈물짓다

쳐다보면 하늘은 부끄럽게 푸릅니다.

풀 한 포기 없는 이 길을 걷는 것은

담 저쪽에 내가 남아 있는 까닭이고,

내가 사는 것은, 다만,

잃은 것을 찾는 까닭입니다.

푸른 하늘을

_ 김수영

푸른 하늘을 제압하는

노고지리가 자유로웠다고

부러워하던

어느 시인의 말은 수정되어야 한다

자유를 위해서

비상하여본 일이 있는

사람이면 알지

노고지리가 무엇을 보고

노래하는가를

어째서 자유에는

피의 냄새가 섞여있는가를

혁명은 왜 고독한 것인가를

혁명은

왜 고독해야 하는 것인가를

살아남은 자의 슬픔

_베르톨트 브레히트

물론 나는 알고 있다.

오직 운이 좋았던 덕택에

나는 그 많은 친구보다 오래 살아남아 있다.

그러나 지난밤 꿈속에서

이 친구들이 나에 대하여 이야기하는 소리가 들려왔다.

"강한 자는 살아남는다."

그러자 나는 내 자신이 미워졌다.

또 다른 고향

_ 윤동주

고향에 돌아온 날 밤에
내 백골이 따라와 한방에 누웠다.

어둔 방은 우주로 통하고
하늘에선가 소리처럼 바람이 불어온다.

어둠 속에 곱게 풍화작용하는
백골을 들여다보며
눈물짓는 것이 내가 우는 것이냐
백골이 우는 것이냐
아름다운 혼이 우는 것이냐

지조 높은 개는
밤을 새워 어둠을 짖는다.

어둠을 짖는 개는
나를 쫓는 것일 게다.

가자 가자
쫓기우는 사람처럼 가자
백골 몰래
아름다운 또 다른 고향에 가자.

4부
나의 길을 걷다
그럼에도, 나는

부딪힌 뒤에야 길이 보인다.

남는 것은 무엇을 바꾸었는지가 아니라

무엇을 버티며 여기까지 왔는가이다.

참회와 연대, 아픔과 기억을 지나

삶은 다시 하루로 돌아온다.

걷는다는 것은 멀리 가는 일이 아니라

멈추지 않고 나를 데리고 가는 일이다.

오래 기다리던 시간 속에서도

시는 끝내 말을 멈추지 않는다.

줄어든 말 사이로 다시 한 걸음이 놓인다.

그럼에도, 나는 이 세계 한가운데 서서

오늘의 길을 이어 간다.

참회록

_윤동주

파란 녹이 낀 구리 거울 속에

내 얼굴이 남아 있는 것은

어느 왕조의 유물이기에

이다지도 욕될까.

나는 나의 참회의 글을 한 줄에 줄이자.

— 만滿 이십사 년 일 개월을

　　무슨 기쁨을 바라 살아왔던가.

내일이나 모레나 그 어느 즐거운 날에

나는 또 한 줄의 참회록을 써야 한다.

— 그때 그 젊은 나이에

　　왜 그런 부끄런 고백을 했던가.

밤이면 밤마다 나의 거울을
손바닥으로 발바닥으로 닦아 보자.

그러면 어느 운석 밑으로 홀로 걸어가는
슬픈 사람의 뒷모양이
거울 속에 나타나온다.

설움에 있는 벗에게

_ 송아지 *

벗이여

애통의 눈물을 거두기 전에 먼저

그대 눈물의 뜻을 깨달으라

벗이여 그대가 아느냐

그대 한 사람의 통곡하는 울음이

온 대한 사람의 목을 메는 울음임을

그대 가슴을 쓰리게 하는 설움이

그대와 피가 같은 모든 무리의 사무친 설움임을

또 그대가 저주하는 사회와 세상이

불쌍한 그대 민족이 다 같이 저주하는 세상임을

* 주요한. 1920년 '독립신문'에 발표 당시 필명으로 송아지를 사용했다.

아아 벗이여

애통의 눈물을 거두기 전에 먼저

그대 눈물의 뜻을 깨달으라

사랑하는 벗이여 그 때야말로

그대는 그대 자신과 그대 민족을 위하여

슬픔과 아픔의 눈물을 통곡할지어다

그리고 배가倍加하는 용기와 결심으로

그 뜨거운 눈물을 가다듬을지어다.

아우의 인상화印象畵

_ 윤동주

붉은 이마에 싸늘한 달이 서리어

아우의 얼굴은 슬픈 그림이다.

발걸음을 멈추어

살그머니 앳된 손을 잡으며

"너는 자라 무엇이 되려니"

"사람이 되지"

아우의 설운 진정코 설운 대답이다.

슬며시 잡았던 손을 놓고

아우의 얼굴을 다시 들여다본다.

싸늘한 달이 붉은 이마에 젖어

아우의 얼굴은 슬픈 그림이다.

흰 바람벽이 있어

_ 백석

오늘 저녁 이 좁다란 방의 흰 바람벽에

어쩐지 쓸쓸한 것만이 오고 간다

이 흰 바람벽에

희미한 십오 촉 전등이 지치운 불빛을 내어던지고

때글은 다 낡은 무명 셔츠가 어두운 그림자를 쉬이고

그리고 또 달디단 따끈한 감주나 한잔 먹고 싶다고 생각하는 내 가지가지

외로운 생각이 헤매인다

그런데 이것은 또 어인 일인가

이 흰 바람벽에

내 가난한 늙은 어머니가 있다

내 가난한 늙은 어머니가

이렇게 시퍼러둥둥하니 추운 날인데 차디찬 물에 손은 담그고 무이며

배추를 씻고 있다

또 내 사랑하는 사람이 있다

내 사랑하는 어여쁜 사람이

어느 먼 앞대 조용한 개포가의 나지막한 집에서

그의 지아비와 마주 앉아 대굿국을 끓여 놓고 저녁을 먹는다

벌써 어린것도 생겨서 옆에 끼고 저녁을 먹는다

그런데 또 이즈막하야 어느 사이엔가

이 흰 바람벽엔

내 쓸쓸한 얼굴을 쳐다보며

이러한 글자들이 지나간다

　　— 나는 이 세상에서 가난하고 외롭고 높고 쓸쓸하니 살아가도록

　　　태어났다

　　그리고 이 세상을 살아가는데

　　내 가슴은 너무도 많이 뜨거운 것으로 호젓한 것으로 사랑으로

　　슬픔으로 가득 찬다

그리고 이번에는 나를 위로하는 듯이 나를 울력하는 듯이

눈질을 하며 주먹질을 하며 이런 글자들이 지나간다

　　— 하늘이 이 세상을 내일 적에 그가 가장 귀해하고 사랑하는 것들은

　　　모두

　　가난하고 외롭고 높고 쓸쓸하니 그리고 언제나 넘치는 사랑과

　　슬픔 속에 살도록 만드신 것이다

초생달과 바구지꽃*과 짝새**와 당나귀가 그러하듯이

그리고 또 프랑시스 잠과 도연명과 라이너 마리아 릴케가 그러하듯이

* 　박꽃.
** 　뱁새.

저문 강에 삽을 씻고

_ 정희성

흐르는 것이 물뿐이랴

우리가 저와 같아서

강변에 나가 삽을 씻으며

거기 슬픔도 퍼다 버린다

일이 끝나 저물어

스스로 깊어가는 강을 보며

쭈그려 앉아 담배나 피우고

나는 돌아갈 뿐이다

삽자루에 맡긴 한 생애가

이렇게 저물고, 저물어서

샛강바닥 썩은 물에

달이 뜨는구나

우리가 저와 같아서

흐르는 물에 삽을 씻고

먹을 것 없는 사람들의 마을로

다시 어두워 돌아가야 한다

길 위에서 중얼거리다

_기형도

그는 어디로 갔을까

너희 흘러가버린 기쁨이여

한때 내 육체를 사용했던 이별들이여

찾지 말라, 나는 곧 무너질 것들만 그리워했다

이제 해가 지고 길 위의 기억은 흐려졌으니

공중엔 희고 둥그런 자국만 뚜렷하다

물들은 소리 없이 흐르다 굳고

어디선가 굶주린 구름들은 몰려왔다

나무들은 그리고 황폐한 내부를 숨기기 위해

크고 넓은 이파리들을 가득 피워냈다

나는 어디로 가는 것일까, 돌아갈 수조차 없이

이제는 너무 멀리 떠내려온 이 길

구름들은 길을 터주지 않으면 곧 사라진다

눈을 감아도 보인다

어둠 속에서 중얼거린다

나를 찾지 말라…… 무책임한 탄식들이여

길 위에서 일생을 그르치고 있는 희망이여

바라건대는 우리에게 우리의 보습˙ 대일 땅이 있었더면

_ 김소월

나는 꿈꾸었노라, 동무들과 내가 가지런히

벌 가의 하루 일을 다 마치고

석양에 마을로 돌아오는 꿈을,

즐거이, 꿈 가운데.

그러나 집 잃은 내 몸이여,

바라건대는 우리에게 우리의 보습 대일 땅이 있었더면!

이처럼 떠돌으랴, 아침에 저물 손에˙˙

새라 새로운 탄식을 얻으면서.

˙   쟁기, 가래 따위 농기구의 끝에 다는 쇳조각.
˙˙ 저물녘에.

동이랴, 남북이랴,

내 몸은 떠가나니, 볼지어다,

희망의 반짝임은, 별빛이 아득임은,

물결뿐 떠올라라, 가슴에 팔 다리에.

그러나 어쩌면 황송한 이 심정을! 날로 나날이 내 앞에는

자칫 가느른 길이 이어가라. 나는 나아가리라

한 걸음, 또 한 걸음. 보이는 산비탈엔

온 새벽 동무들 저 저 혼자…… 산경山耕•••을 김매이는.

••• 산비탈 밭.

싸움

_ 임학수

오늘도 졌다.

어제도 졌다.

내일도 또 나는 지리라.

나의 역사는

패배자의 역사. ─

그러나 원한도 없다.

눈물짓지도 않았다.

찢기고 밟히고 피흘리면서도

여전히 살아있는

나 자신에 웃었다!

님의 침묵

_ 한용운

님은 갔습니다. 아아, 사랑하는 나의 님은 갔습니다.

푸른 산빛을 깨치고 단풍나무 숲을 향하여 난 작은 길을 걸어서 차마 떨치고 갔습니다.

황금의 꽃같이 굳고 빛나던 옛 맹세는 차디찬 티끌이 되어서 한숨의 미풍에 날아갔습니다.

날카로운 첫 키스의 추억은 나의 운명의 지침을 돌려놓고 뒷걸음쳐서 사라졌습니다.

나는 향기로운 님의 말소리에 귀먹고, 꽃다운 님의 얼굴에 눈멀었습니다.

사랑도 사람의 일이라 만날 때에 미리 떠날 것을 염려하고 경계하지 아니한 것은 아니지만 이별은 뜻밖의 일이 되고 놀란 가슴은 새로운 슬픔에 터집니다.

그러나 이별을 쓸데없는 눈물의 원천을 만들고 마는 것은 스스로 사랑을 깨치는 것인 줄 아는 까닭에 걷잡을 수 없는 슬픔의 힘을 옮겨서 새 희망의 정수박이에 들어부었습니다.

우리는 만날 때에 떠날 것을 염려하는 것과 같이 떠날 때에 다시 만날 것을 믿습니다.

아아, 님은 갔지마는 나는 님을 보내지 아니하였습니다.

제 곡조를 못 이기는 사랑의 노래는 님의 침묵을 휩싸고 돕니다.

강

_ 박두진

나는 아직도 잊을 수가 없다.

그날 강물은 숲에서 나와 흐르리.

비로소 채색되는 유유한 침묵

꽃으로 수장하는 내일에의 날갯짓.

아, 흥건하게 강물은 꽃에 젖어 흐르리.

무지개 피에 젖은 아침 숲 짐승 울음.

일체의 죽은 것은 떠내려가리.

얼룩대는 배암 비늘 피발톱 독수리의,

이리 떼 비둘기 떼 깃죽지와 울대뼈의

피로 물든 일체는 바다로 가리.

비로소 햇살 아래 옷을 벗는 너의 전신全身
강이여. 강이여. 내일에의 피 몸짓.

네가 하는 손짓을 잊을 수가 없어
강 흐름 핏무늬길 바다로 간다.

정념의 기旗

_ 김남조

내 마음은 한 폭의 기旗

보는 이 없는 시공時空에

없는 것모양 걸려 왔더니라.

스스로의

혼란과 열기를 이기지 못해

눈 오는 네거리에 나서면

눈길 위에

연기처럼 덮여 오는 편안한 그늘이여,

마음의 기旗는

눈의 음악이나 듣고 있는가.

나에게 원이 있다면

뉘우침 없는 일몰이

고요히 꽃잎인 양 쌓여가는

그 일이란다.

황제의 항서降書*와도 같은 무거운 비애가

맑게 가라앉은

하얀 모랫벌 같은 마음씨의

벗은 없을까.

내 마음은

한 폭의 기

보는 이 없는 시공에서

때로 울고

때로 기도드린다.

* 항복을 인정하는 문서.

산에 언덕에

_ 신동엽

그리운 그의 얼굴 다시 찾을 수 없어도
화사한 그의 꽃
산에 언덕에 피어날지어이.

그리운 그의 노래 다시 들을 수 없어도
맑은 그 숨결
들에 숲속에 살아갈지어이.

쓸쓸한 마음으로 들길 더듬는 행인아.
눈길 비었거든 바람 담을지네.
바람 비었거든 인정人情 담을지네.

그리운 그의 모습 다시 찾을 수 없어도
울고 간 그의 영혼
들에 언덕에 피어날지어이.

광야

_ 이육사

까마득한 날에

하늘이 처음 열리고

어데 닭 우는 소리 들렸으랴.

모든 산맥들이

바다를 연모해 휘달릴 때도

차마 이곳을 범犯하던 못하였으리라.

끊임없는 광음光陰을

부지런한 계절이 피어선 지고

큰 강물이 비로소 길을 열었다.

지금 눈 내리고

매화 향기 홀로 아득하니

내 여기 가난한 노래의 씨를 뿌려라.

다시 천고千古의 뒤에

백마 타고 오는 초인超人이 있어

이 광야에서 목놓아 부르게 하리라.

새벽이 올 때까지

_ 윤동주

다들 죽어가는 사람들에게

검은 옷을 입히시오.

다들 살아가는 사람들에게

흰 옷을 입히시오.

그리고 한 침대에

가지런히 잠을 재우시오.

다들 울거들랑

젖을 먹이시오.

이제 새벽이 오면

나팔 소리 들려올 게외다.

그날이 오면

_ 심훈

그날이 오면 그날이 오면은

삼각산이 일어나 더덩실 춤이라도 추고

한강물이 뒤집혀 용솟음칠 그날이

이 목숨이 끊기기 전에 와주기만 하량이면,

나는 밤하늘에 날으는 까마귀와 같이

종로의 인경人磬을 머리로 들이받아 울리오리다.

두개골은 깨어져 산산조각이 나도

기뻐서 죽사오매 오히려 무슨 한恨이 남으오리까.

그날이 와서 오오 그날이 와서

육조六曹 앞 넓은 길을 울며 뛰며 딩굴어도

그래도 넘치는 기쁨에 가슴이 미어질 듯하거든

드는 칼로 이 몸의 가죽이라도 벗겨서

커다란 북을 만들어 들쳐메고는

여러분의 행렬에 앞장을 서오리다,

우렁찬 그 소리를 한 번이라도 듣기만 하면

그 자리에 거꾸러져도 눈을 감겠소이다.

아껴 무엇하리, 靑春을

_ 나혜석

살이 포근포근하고

빛은 윤택하고

머리가 까맣고

눈이 말뚱말뚱하고

귀가 빠르고

언어가 명랑하고

태도가 날씬하고

행동이 겸사하여

참새와도 같고

제비와도 같고

앵무와도 같고

공작과도 같다

나이 먹으면

주름살이 잡히고

빛깔이 검어지고

머리가 희어지고

귀가 어둡고

눈이 흐려지고

말이 어둔해지고

몸이 늘씬해지고

행동이 느려져

기린과도 같고

곰과도 같고

물소와도 같다

이리하여

살날이 많던

靑春은 가고

죽을 날이 가까운

老境에 이른다

이 어찌

靑春 감을

아끼지 않으랴

그러나 나는

장차 올 靑春이었던들

아꼈을는지 모르나

이미 간 靑春을

아끼지 않나니

청춘은

들떴었고

얕았었고

얇았었고

짧았던 것이오

나이 먹고 보니

침착해지고

깊고

두텁고

길다

靑春을

헛되이 보내었던들

아끼지 않을 바 아니나

빈틈없이 이용한 靑春을

아낄 무엇이 있으며

지난 靑春을

아껴 무엇하리오

장차 올 老境이나

잘 맞으려 하노라.

시인 소개(가나다순)

기형도(1960~1989) 경기도 연평도 출생. 1985년 『동아일보』 신춘문예에 시 「안개」가 당선되어 등단하였다. 가난한 유년의 기억과 현실의 고통을 그로테스크하고 처연한 언어로 형상화하였으며, 요절 후 유고 시집 『입 속의 검은 잎』이 출간되어 많은 사랑을 받았다.

김남조(1927~2023) 대구광역시 출생. 1948년 서울대학교 재학 중 『연합신문』에 시 「잔상」, 『서울대학교 시보』에 「성수」를 발표하며 등단하였다. 종교적 경건함과 사랑, 생명에 대한 깊은 성찰을 담아 '사랑의 시인'으로 불렸다.

김소월(1902~1934) 본명은 김정식. 평안북도 구성 출생. 오산학교에서 김억의 가르침을 받았고, 1920년 『창조』에 「낭인의 봄」 등을 발표하며 등단하였다. 민요적 가락과 한의 정서로 한국 서정시의 대표 시인이 되었다.

김수영(1921~1968) 서울 출생. 1945년 『예술부락』에 시 「묘정의 노래」를 발표하며 등단하였다. 자유와 저항을 직설적인 어조로 노래하였으며, 시와 삶을 일치시키려는 치열한 정신으로 한국 현대시의 새로운 가능성을 열었다.

김영랑(1903~1950) 본명은 김윤식. 전라남도 강진 출생. 1930년 박용철, 정지용 등과 '시문학' 동인으로 활동하며 순수 서정시의 대표 시인이 되었다. 섬세한 언어 감각과 남도 사투리로 한국적 서정의 아름다움을 노래하였다.

나혜석(1896~1948) 경기도 수원 출생. 한국 최초의 여성 서양화가이자 소설가, 시인이다. 1914년 『학지광』에 소설 「이상적 부인」을 발표하며 작가로 활동하였고, 조선미술전람회에 지속적으로 출품하며 화가로 활동하였다. 여성의 자유와 평등을 주장하며 시대를 앞서간 예술가로 평가받는다.

박두진(1916~1998) 호는 혜산. 경기도 안성 출생. 조지훈, 박목월과 함께 청록파의 한 사람으로, 자연 친화적 서정시를 노래하였다. 초기에는 기독교적 이상향을, 중기에는 현실 참여를, 후기에는 자연과 인간의 궁극적 모습을 탐구하였다.

박성룡(1934~2002) 전라남도 해남 출생. 1956년 『문학예술』에 등단하였으며 「풀잎」 등으로 널리 알려졌다. 자연의 미세한 사물에서 우주의 섭리를 발견하고 신선한 감각과 간결한 언어로 노래한 시인이다.

박용철(1904~1938) 아호는 용아. 광주광역시 출생. 1930년 김영랑, 정지용, 이하윤과 함께 『시문학』을 창간하여 순수 서정시를 추구한 시문학파의 중심인물이었다. 시 창작뿐 아니라 시론과 번역에서도 두각을 나타냈다.

박인환(1926~1956) 강원도 인제 출생. 1946년 『국제신보』에 시 「거리」를 발표하며 등단하였고, 1950년 '후반기' 동인을 결성하여 1950년대 모더니즘 시를 대표하였다. 전쟁 이후의 황폐함과 도시 문명의 우울을 감각적 언어로 노래하였다.

백석(1912~1996) 평안북도 정주 출생. 1935년 『조선일보』에 시 「정주성」을 발표하며 등단하였고, 1936년 첫 시집 『사슴』을 간행하였다. 평안 방언과 고어, 토속어를 풍부하게 사용하여 향토적 서정과 이야기성을 살린 독특한 시 세계를 구축하였다.

베르톨트 브레히트(1898~1956) 독일 아우크스부르크 출생. 극작가이자 시인으로, "서정시를 쓰기 힘든 시대"를 온몸으로 살아낸 20세기 독일의 대표 시인이다. 전쟁과 억압에 저항하며 사회적 모순을 냉철하고 압축적인 언어로 고발하였다.

서정주(1915~2000) 호는 미당. 전라북도 고창 출생. 1936년 김동리, 함형수 등과 동인지 『시인부락』을 창간한 생명파 시인으로, 토속적 언어와 신라 정신을 노래하였다.

신동엽(1930~1969) 충청남도 부여 출생. 농촌에 뿌리를 둔 건강한 삶의 힘과 민족 현실에 대한 강렬한 의식을 담은 시를 썼다. 「껍데기는 가라」, 「금강」 등으로 1960년대 참여시의 대표적 시인으로 평가받는다.

심훈(1901~1936) 서울 출생. 소설가이자 시인. 3·1운동 참가 후 중국 유학을 거쳐 기자로 활동하였다. 1935년 장편소설 『상록수』로 주목받았으며, 시 「그날이 오면」에서 민족의 독립 의지를 노래하였다.

오상순(1894~1963) 호는 공초. 서울 출생. 1920년 『폐허』 동인으로 활동하며 허무주의 시풍을 선보였다. 평생 독신으로 방랑과 참선에 몰두하며 관념적이고 사색적인 시를 썼다.

오장환(1918~1951) 충청북도 보은 출생. 1936년 『시인부락』 동인으로 활동하며 서정주, 이용악과 함께 '시단의 삼천재'로 불렸다. 비애와 방랑의 정서, 도시적 감각으로 1930년대 현대 서정시의 새로운 지평을 열었다.

윤동주(1917~1945) 만주 북간도 명동촌 출생. 연희전문학교를 졸업하고 일본 도시샤대학 재학 중 독립운동 혐의로 체포되어 옥사하였다. 식민지 청년의 양심과 반성을 투명하게 노래한 저항 시인이다.

이상(1910~1937) 본명 김해경. 서울 출생. 건축학을 공부하고 조선총독부 건축과 기수가 되었으나 문학에 전념하기 위해 사직하였다. 구인회 동인으로 활동하며 1934년 파격적인 연작시 「오감도」를 발표하였으나 난해함으로 연재가 중단되었다. 초현실주의와 실험적 기법으로 한국 모더니즘 문학을 개척한 시인이자 소설가이다.

이성복(1952~) 경상북도 상주 출생. 1977년 『문학과지성』에 시 「정든 유곽에서」를 발표하며 등단하였다. 섬세한 감수성과 명징한 언어로 개인의 고통과 삶의 본질을 탐구하였으며, 1980년대 이후 한국 현대시를 대표하는 시인으로 평가받는다.

이용악(1914~1971) 함경북도 경성 출생. 1935년 『신인문학』에 시 「패배자의 소원」을 발표하며 등단하였고, 서정주, 오장환과 함께 '시단의 삼천재'로 불렸다. 북방의 유이민과 민중의 슬픔을 서정적이고 서사적인 언어로 형상화하였다.

이육사(1904~1944) 본명은 이원록. 경상북도 안동 출생. 의열단원으로 17회 옥고를 치르며 항일투쟁을 하였고, 수감번호 264에서 호를 따왔다. 상징적 언어와 웅혼한 시풍으로 민족의 비극과 광복의 희망을 노래한 저항 시인이다.

임학수(1911~1982) 전라남도 순천 출생. 1931년 『동아일보』에 시 「우울」과 「여름의 일순」을 발표하며 등단하였다. 격정적 감정과 고뇌를 섬세한 언어로 형상화하였으며, 낭만적이고 서정적인 시 세계를 펼쳤다.

임화(1908~1953) 서울 출생. 1929년 「우리 오빠와 화로」 등을 발표하며 프롤레타리아 시인으로 주목받았다. 민중의 삶을 단편 서사시 형식으로 형상화하였으며, 1930년대 문학운동을 대표하는 시인이자 평론가로 활동하였다.

정지용(1902~1950) 충청북도 옥천 출생. 섬세하고 감각적인 시어와 선명한 이미지로 1930년 대 모더니즘 시를 대표하며, 후기에는 동양적 관조와 고독의 세계를 담았다.

정희성(1945~) 경상남도 창원 출생. 1970년 『동아일보』 신춘문예에 「변신」이 당선되어 등단 하였다. 「저문 강에 삽을 씻고」 등 절제된 감정과 차분한 어조로 노동 현실과 민중의 정서를 형상화하였으며, 1970년대 사회시를 대표하는 시인으로 평가받는다.

조지훈(1920~1968) 본명은 동탁. 경상북도 영양 출생. 1939년 『문장』에 「승무」 등이 추천되어 등단하였으며, 박목월, 박두진과 함께 『청록집』을 발간하여 청록파로 불렸다. 고전적 감성과 선적 정서를 품격 있게 노래하였다.

주요한(1900~1979) 호는 송아. 평안남도 평양 출생. 1919년 『창조』 동인으로 활동하며 「불놀 이」를 발표한 한국 근대 자유시의 선구자이다. 민요 율격을 살린 서정시를 많이 썼다. '송아지' 라는 필명으로 상해 임정 발행 『독립신문』에 기고하였다.

최승자(1952~) 충청남도 연기 출생. 1979년 『문학과지성』에 시 「이 시대의 사랑」 등을 발표하 며 등단하였다. 격렬하고 자기 모멸적인 언어로 시대와 여성의 삶을 날카롭게 형상화하였으 며, 황지우, 이성복과 함께 1980년대를 대표하는 시인으로 평가받는다.

한용운(1879~1944) 호는 만해. 충청남도 홍성 출생. 승려이자 독립운동가로 3·1운동 민족 대 표 33인 중 한 사람이며, 옥중에서 쓴 『조선독립의 서』와 시집 『님의 침묵』(1926)을 남겼다. 잃 어버린 조국을 '님'으로 형상화하여 민족의 저항정신과 광복의 희망을 노래한 시인이다.

한하운(1920~1975) 본명은 한태영. 함경남도 함주 출생. 중국 베이징대학 농학원을 졸업하였 으나 한센병(당시 나병)으로 고통받았다. 천형의 아픔을 서정적이고 민요적인 가락으로 노래 하여 생명에 대한 간절한 갈망을 표현하였다.

함형수(1914~1946) 함경북도 경성 출생. 서정주, 김동리 등과 동인지 『시인부락』을 창간한 생 명파 시인으로, 생명과 죽음을 사색적으로 노래하였다.

허수경(1964~2018) 경상남도 진주 출생. 1987년 『실천문학』에 시 「땡볕」 등을 발표하며 등단 하였다. 모국어의 리듬과 섬세한 언어로 외로움과 그리움을 형상화하였으며, 1992년 이후 독 일에서 한국어로 시를 쓰며 독자적인 시 세계를 펼쳤다.

젊은 날의 언어를 담은 시 필사집
시인의 청춘, 청춘의 시

초판 1쇄 인쇄 2026년 3월 10일 **초판 1쇄 발행** 2026년 3월 30일
지은이 기형도·윤동주·허수경 외 30인 시인 **펴낸이** 신지원 **펴낸곳** 도서출판 지식여행
책임편집 김민아 **디자인** 네모점빵
출판등록 제2021-000133호
주소 서울시 마포구 토정로 222 한국출판콘텐츠센터 304호
전화 02-333-1122 **팩스** 02-6455-8189 **이메일** editor@jisikyh.com
인쇄·제본 한국학술정보(주)
ISBN 978-89-6109-572-3 (03810)